Guía de lectura

Escrita por Delphine Leloup
Traducida por Marta Sánchez Hidalgo

Un mundo feliz

de Aldous Huxley

ResumenExpress.com

ALDOUS HUXLEY

ESCRITOR BRITÁNICO

- **Nacido en 1894 en Godalming (Reino Unido)**
- **Fallecido en 1963 en Los Ángeles (Estados Unidos)**
- **Algunas de sus obras:**
    - *Música en la noche* (1931), novela
    - *Un mundo feliz* (1932), novela
    - *La isla* (1962), novela

Aldous Huxley, nacido en 1894, fue un escritor inglés muy comprometido que conoció y denunció los grandes regímenes totalitarios del siglo XX y las presiones sociales resultantes. Como consecuencia de la ceguera que sufrió en 1914, se dio de baja en el ejército y se pudo dedicar a su formación intelectual, en particular, a la literatura inglesa que estudió en Oxford.

Redactó su primera novela con 20 años y su principal éxito fue *Un mundo feliz*, publicado en 1932. Por otro lado, Huxley solía escribir bajo efecto de sustancias ilícitas que seguramente le ayudaron en la redacción de sus obras. Este gran visionario murió en 1963 en Los Ángeles.

UN MUNDO FELIZ

UNA VISIÓN DE LA SOCIEDAD

- **Género:** novela de ciencia ficción
- **Edición de referencia**: Huxley, Aldous. 2007. *Un mundo feliz*. Traducido por Ramón Hernández. Barcelona: Random House Mondadori, colección *Debolsillo*
- **Primera edición:** 1932
- **Temáticas:** condicionamiento, defensa del consumidor, individualismo, tecnología, libertad

Un mundo feliz es una novela de ciencia ficción publicada en 1932 que presenta un mundo «perfecto» donde cada individuo pertenece a una clase social definida que determina sus necesidades y su futuro. Los individuos están privados de libertad y siguen este tipo de vida, a la que se les ha condicionado desde pequeños.

A través de la novela, Huxley alerta sobre la deriva de una sociedad occidental consumidora e individualista en la que la tecnología tiene cada vez mayor presencia. Hay otros autores que también explotaron la distopía, como George Orwell en *1984* y *Rebelión en la granja*.

RESUMEN

LA VISITA

El Estado Mundial está compuesto de diferentes clases sociales (llamadas Alfas, Betas, Gammas y Epsilones, divididas cada una en «más» o «menos») en las que se reparten los individuos. Las primeras están reservadas a los intelectuales y las últimas a los manuales: estas diferencias se mantienen sabiamente a través de la educación de unos y otros.

En resumen, esto es lo que el director del Centro de Incubación y Condicionamiento explica a unos jóvenes reclutas a los que, mientras les enseña las instalaciones, les cuenta experiencias científicas inéditas. De hecho, dirige un equipo de investigadores que coordinan el nacimiento de los bebés que formarán la sociedad de un mundo feliz.

El señor Foster, un joven erudito, guía el resto de la visita y detalla las diferentes fases de creación de un ser humano. Se detienen en una incubadora en la que se les están haciendo unas pruebas a los embriones, pruebas que tendrán repercusiones en sus futuras pasiones. Los estudiantes conocen luego a Mustafá Mond, uno de los diez administradores mundiales, que les recuerda los beneficios de una vida independiente de la familia y del hogar.

Paralelamente, durante una conversación con uno de sus compañeros, Lenina Crowne confiesa su fidelidad a Henry Foster. Sin embargo, la fidelidad amorosa está condenada por el régimen. Después hablan de Bernard Marx, el gruñón idealista que parece que le gusta a Lenina. Después de quedar con esta, Bernard visita a su amigo Helmholtz Watson y, juntos, hablan de su deseo de libertad de expresión. Por su lado, Lenina vuelve a ver a Henry Foster y pasa tiempo con él. Bernard acude a su día de Servicio y Solidaridad para coincidir con los otros tras haber padecido un estado de trance por culpa del soma, una droga poderosa suministrada en comprimidos. Sin embargo, esta sesión que tendría que aportarle felicidad no le hace ningún efecto.

EL «SALVAJE»

Poco después, Bernard le cuenta a Lenina sus planes de vacaciones y la intenta concienciar sobre el condicionamiento que sufren. Como la joven se avergüenza de él, le anima a que se drogue para olvidar su soledad. Cuando visitan la Reserva de Salvajes en Nuevo México, la pareja conoce a John y a su madre, Linda, una anciana Beta-Menos que se perdió en esas comarcas unos años antes durante una excursión con el Centro de Incubación y que crió a su hijo de forma que pudiera entender la cultura del mundo civilizado y que pudiera leer.

John muestra un gran interés por el universo de las tecnologías y Bernard cree que sería interesante enseñárselo. John acepta, sin sospechar que este mundo lo conducirá a su ruina. Bernard consigue billetes para el viaje y vuelve a la reserva a buscar a su protegido. De vuelta al Centro de Condicionamiento, cuando estaba a punto de ser expulsado por el Centro de Incubación, Bernard presenta a Linda y a John al público. Los dos cuestionan al director, que no soporta esta humillación pública: abandona inmediatamente la sala y dimite.

Bernard, guardián del «salvaje», ocupa un lugar destacado: las mujeres se amontonan para verlo, organiza fiestas y adquiere notoriedad. Pero John empieza a darse cuenta de los estragos que esa sociedad provoca en su propia madre, drogada de soma. El interés de John por Lenina aumenta e intenta mantenerse lejos de ella y de la escena pública, lo que obliga a Bernard a renunciar a sus sueños de gloria. Lenina, tan enamorada de John como él de ella, va a verle con la esperanza de seducirlo. Pero, contra todo pronóstico, la rechaza: toda posible relación carnal entre ellos rompería la imagen perfecta que él tiene de ella.

Más tarde sabremos que Linda está agonizando. John acude a verla al hospital, donde las enfermeras y los niños presentes en la sala perciben su sufrimiento como una manifestación vergonzosa. Tras la muerte de su madre, John decide informar a las personas de las consecuencias del consumo abusivo de soma. Por desgracia, su condicionamiento llega a tal punto que no entienden la importancia de su discurso.

A continuación, la milicia se lleva a John, Watson y Bernard para juzgarles por no integrarse en el sistema. Tras un largo debate sobre un mundo feliz y la legitimidad de sus principios, Mustafá Mond decide el destino de los tres acusados. Como Bernard Marx vive marginado, lo envía a Islandia, donde su yo interior podrá alcanzar su pleno desarrollo y vivirá con una población que se le parece. Más que un castigo, es una oportunidad para vivir acorde a su personalidad. Watson tendrá la misma sentencia: tiene que exiliarse en las islas Falkland (también conocidas «Islas Maldivas» en el Atlántico sur, cerca de la costa argentina).

Durante su sermón, Menier asegura que sabe que los principios del Estado Mundial son contrarios a las libertades porque no pueden cuestionarse. Demuestra tolerancia y comprensión ante estos tres personajes contrarios al sistema. Entonces comienza una conversación sobre Dios entre el administrador y John, y acaban regalándose muchos libros prohibidos del antiguo régimen.

Deseando estar solo, John se instala en un faro donde periodistas y visitantes lo acosan y espían como si fuera un animal. Como se siente culpable por haber abandonado su moral para vivir en un universo nuevo, se automutila, torturado por su amor por Lenina. Incapaz de encontrar la salvación y empujado a la locura por sus impulsos sexuales, decide acabar con su vida ahorcándose.

ESTUDIO DE LOS PERSONAJES

BERNARD MARX

Pertenece a la casta Alfa y trabaja en el despacho de psicología. Tiene mala reputación entre sus compañeros. Su carácter cambiará después de conocer a John, llamado «el salvaje».

Antes de conocer a John

Es discreto y está alejado del grupo, ya que se siente inferior a los otros. Es muy romántico y no acepta bien la libertad de las costumbres de «un mundo feliz», que rebaja a los hombres y a las mujeres al rango de objetos sexuales (Huxley 2007, cap. 3). Es rebelde y no le gusta el funcionamiento de la nación en la que vive. Su trabajo de hipnopedia (aprendizaje a través del sueño) sobre los niños le parece represivo y, sobre todo, profundamente estúpido. Los ciudadanos suelen percibir su lasitud como mal humor. Sin embargo, sufre porque no se siente integrado en la sociedad debido a sus diferencias.

Después de conocer a John

Cuando vuelve de la Reserva, Bernard Marx es popular. Como era el protector de John, cualquiera que quisiera verle tenía que pasar por Bernard primero, lo que le hacía poderoso. Empieza a confiar en sí mismo. Sus amigos Helmholtz y John huyen de él por su pretensión, puesto que se sienten denigrados o utilizados. Pero su notoriedad no durará mucho y se volverá a hundir en el anonimato. Por otro lado, suele demostrar cobardía (por ejemplo, durante su arresto o ante su condena).

Tiene complejos: se describe como una persona fea, proporcionada, pero muy pequeña para ser un ciudadano Alfa. Esta deficiencia física proviene de una anomalía durante su concepción. De hecho, los bebés crecen en un útero artificial en el que se inyectan productos. Los científicos inoculan alcohol a los embriones de la casta Gamma para detener su crecimiento. En la novela, se extiende el rumor de que, por desgracia, Bernard Marx habría padecido este tratamiento. Además, odia trabajar con los Gamma porque tiene miedo de que le confundan con ellos debido a sus características físicas (Huxley 2007, cap. 4).

HERMHOLTZ WATSON

Es un ciudadano Alfa que trabaja en la Escuela de Ingeniería Emocional como maestro de conferencia. Además de eso, a veces escribe para una revista radiofónica y tiene un don para la redacción de eslóganes hipnopédicos. La poesía es una de sus pasiones.

Watson es víctima de un exceso mental, toma iniciativas y sus capacidades pueden despertar envidia. Sabe que es diferente y busca en vano cómo paliar el vacío que siente. No sabe cómo exprimir su inteligencia y tiene la impresión de malgastarla sin usarla constructivamente.

Desde un punto de vista físico, Watson es un hombre proporcionado, imponente y de hombros anchos. Tiene el pelo negro y rizado y los rasgos del rostro muy marcados. En resumen, es guapo y atlético, como debe ser un Alfa-Plus.

LENINA CROWE

Es una enfermera de la casta Beta-Plus y trabaja en el departamento de fecundación.

Lenina, la «neumática» (el término «neumática» aquí es sinónimo de perfección física, de cuerpo bien proporcionado), es muy guapa y desenvuelta, y atrae la mirada de todos los hombres y la amistad de todas las mujeres. Al principio de la novela destaca por su apego a Henry Foster, a pesar de que este sentimiento de proximidad está terminantemente prohibido en este mundo perfecto). Aunque reconozca algunos defectos del mundo feliz, no desea rebelarse contra su sistema. Al contrario, se convence de que es bueno y de que merece ser respetado, aunque no siga todas las reglas.

Admira el poder de algunos hombres: Henry Foster le gusta por su belleza y su ciencia, Bernard Marx le atrae y despierta su curiosidad y John la magnetiza por su cultura tan diferente y libre. En el capítulo 11, experimenta verdaderos sentimientos por John y se siente muy desgraciada. Su orgullo queda herido cuando cree que este se muestra indiferente a sus encantos.

JOHN

Este personaje no tiene apellido porque no está civilizado. Ha nacido en la Reserva, y es fruto del amor de una madre Beta-Menos y de un director del Centro de Incubación y de Condicionamiento. John ha recibido una buena educación y habla inglés —incluso conoce a Shakespeare, al que cita—. Este aprendizaje de la vida, diferente al prodigado en el Estado Mundial, permite que pueda analizar el universo y las cosas desde una cierta distancia, lo que le permite darse cuenta de la falta total de libertad que existe en el Estado Mundial.

Quiere autoafirmarse y le habría gustado participar en un rito de paso (Huxley 2007, cap. 7), pero no tiene derecho por su tez y sus orígenes. Es tímido y no se atreve a mirar a Lenina cuando esta se dirige a él, aunque está perdidamente enamorado de ella. Como está prohibida toda pasión amorosa, la ve a través de la poesía y la idealiza. Conectado con la naturaleza, se siente rápidamente agobiado en este nuevo mundo que descubre, en el que no encuentra ninguna autenticidad ni libertad. La frialdad de los jóvenes hacia la muerte lo indigna profundamente. John, muy unido a los valores de honestidad y de respeto a sí mismo, se siente culpable por haber abandonado la Reserva y por haberse «vendido» para conocer la civilización. Desde entonces, actúa como un mártir, se mutila y acabará muriendo.

Es muy atractivo físicamente, con el pelo rubio, la tez morena bronceada por el sol y unos ojos de color azul claro.

LINDA

Linda es la madre de John, al que ha concebido de forma natural. Añora su condición de mujer civilizada cuando era una trabajadora Beta-Menos en un mundo feliz. Cuenta a sus nuevos amigos que le cuesta mucho hacerse a la grosería, a la envidia y a las malas condiciones de la vida en la Reserva. Su desesperación la lleva a ahogar sus penas en el alcohol porque, según su propia confesión, nunca ha llegado a hacerse a las costumbres de su nuevo país.

Su apariencia es repugnante: es gorda, no tiene dientes y está sucia. Su resto está deteriorado: tiene arrugas y presenta muchas venas rojas, lo que la sume en un estado de vejez avanzado.

HENRY FOSTER

Es investigador para el Centro de Incubación y de Condicionamiento. Está muy seguro de sí mismo y es un Alfa guapo, rubio y de ojos azules, que habla muy rápido, como las personas nerviosas. Contiene sus sentimientos hacia Lenina, que es su compañera sexual regular al principio de la novela. Es travieso, le gusta molestar a Bernard Marx y burlarse de sus estados de ánimo. Es bastante enérgico y parece estar muy apasionado por su trabajo, del que habla a todo aquel que le pregunte. Tiene respuestas para todo, es muy culto y un poco orgulloso.

MUSTAFÁ MOND

Tiene un puesto alto en esta sociedad: es interventor Mundial Residente para la Europa Occidental y es uno de los diez administradores mundiales. Al principio de la novela es muy estricto con respecto al buen funcionamiento de la sociedad, pero demuestra más tolerancia en los últimos capítulos. De joven lo amenazaron con el exilio, así que prefirió abandonar su pasión por la ciencia y aceptar un trabajo con responsabilidades para evitar el destierro. Es muy culto y curioso, ha leído un número considerable de libros y ha visto muchas películas antiguas. De ahí sacó un espíritu abierto que le falta a los ciudadanos. Mustafá Mond dice:

> «Yo llegué a ser hace ya mucho tiempo un físico muy bueno. Demasiado bueno: lo bastante para comprender que toda nuestra ciencia no es más que un libro de cocina, con una teoría ortodoxa sobre el arte de cocinar que nadie puede poner en duda» (Huxley 2007, cap. 16).

CLAVES DE LECTURA

LA UTOPÍA Y LA DISTOPÍA EN LA LITERATURA

El término *utopía* (palabra griega que significa «en ningún lugar») fue empleado por primera vez en 1516 por Thomas More (humanista inglés, 1478-1535). Describió el país de *Utopía* como un paraíso que disfrutaba de una buena cohesión social y de un reparto equitativo de las tareas entre los hombres. En este mundo sin dios, jefe o desacuerdos sociales, los seres viven juntos en armonía.

Este pensamiento, ya planteado en las obras de Platón y de Aristóteles (filósofos griegos del mundo clásico), fue retomado por los intelectuales del siglo XX. El ideal utópico quedó reemplazado por la distopía, su opuesto. Una sociedad bien dirigida y organizada puede a veces volverse una dictadura, y esto es lo que quiso denunciar Huxley en *Un mundo feliz*.

Aunque se le haya calificado muchas veces de visionario, Huxley confesó que su intención no fue inventar un futuro, sino escribir sobre las dictaduras que sabían que iban a ocurrir. En su opinión, era lógico que una élite tomara tarde o temprano el control de las poblaciones y las llevara a un estado de servidumbre con el uso del miedo psicológico o con productos farmacológicos estimulantes. Para Huxley, el divertimento y las drogas son elementos que pueden empujar al hombre a apreciar la esclavitud y la manipulación de la que es víctima.

LA AMENAZA TECNOLÓGICA Y EL CONDICIONAMIENTO SOCIAL

Darwinismo y eugenismo

Según la teoría de Charles Darwin (naturalista inglés, 1809-1882), existen dos tipos de individuos: los fuertes y los débiles. La primera casta se caracteriza por el ingenio y por poder sobrevivir en este mundo, mientras que la segundo, más débil, tiende a desaparecer. Esta selección es calificada de «natural».

El eugenismo, a diferencia del darwinismo, predica una recuperación de la categoría débil. De hecho, no tiene las taras que podrían perjudicarla, sino que está «reformada» y reinsertada en la sociedad. Algunos regímenes autoritarios usaron el eugenismo históricamente para asegurar una mejora o incluso la perfección de su población (por ejemplo, la raza aria que buscaba Hitler). En el siglo XX y XXI, esta doctrina aprovecha las ciencias y tecnologías para desarrollarse. Hoy en día está implícita en los grandes debates como el aborto, la eutanasia, el problema de la sobrepoblación, el ensañamiento terapéutico o las malformaciones al nacer.

El eugenismo en *Un mundo feliz*

El eugenismo descrito en la obra de Huxley consiste en la división de la sociedad en clases. Cada una lleva un nombre que define sus deberes, su trabajo y su estatus en el seno de esta. Los Alfa y los Beta son los intelectuales; los Gamma, la clase media, y los Delta y los Epsilones, los manuales. Eligen esta «planificación de carrera» desde su concepción y en su educación se estudia todo para condicionarlos a amar el entorno en el que viven. Esta colectividad de apariencia democrática se revela en el fondo como una verdadera tiranía.

Huxley veía en el eugenismo una forma de racismo y de segregacionismo que, ciertamente, asegura a la sociedad más mano de obra y un mejor rendimiento pero que, en contrapartida, la priva de diferencias y libertades.

La diversión y la felicidad

Aunque en nuestro mundo la libertad es una de las garantías de la felicidad, no lo es en *Un mundo feliz*, donde el bienestar se resume en una preinscripción médica: el soma. En la novela, los hombres viven en la serenidad sin experimentar ningún sentimiento. En este Estado Mundial que Ford inspiró (inventor del fordismo, teoría que tiene como objetivo el crecimiento de la productividad), no hay vínculos fraternales ni pasiones, solo emociones controladas. La noción de pareja está mal vista puesto que la exclusividad amorosa está terminantemente prohibida en esta sociedad robotizada.

Bernard Marx es partidario de la fidelidad de la pareja. Su visión de felicidad consiste en conocer una pasión violenta, pero ello conlleva su aislamiento del mundo moderno que lo rodea (por ejemplo, la escena del cohete que los conduce a Ámsterdam, Huxley 2007, cap. 6). John resume la felicidad en una palabra: libertad. Simplemente quiere divertirse sin recurrir a las nuevas tecnologías. Desea amar sin someterse a las contradicciones que impone la sociedad en cuanto a los sentimientos.

Por otro lado, en el libro se ha abolido la cultura para dejar paso a distracciones que se pagan y que comprometen a los hombres a adquirir más bienes. Todo divertimento tendrá una repercusión económica o no será tal.

La sociedad de consumo y de mundialización

A través de este libro, Huxley critica la sociedad de consumo, incluso sobreconsumo, a la que contribuye la Revolución industrial que se desarrolla en Europa y en América entre 1800 y 1930. Diferentes sectores de actividad, como la metalurgia o la construcción de automóvil, tuvieron un mejor rendimiento gracias a la aplicación del proceso del taylorismo, que consistía en dividir el trabajo y en encargar cada parte a un trabajador que se especializaría en su tarea lo más rápido posible para llevarla a cabo.

Un mundo feliz funciona del mismo modo: el trabajo se evalúa, se distribuye entre las diferentes castas y se divide entre los trabajadores de la casta. La manipulación que ejercen sobre los niños desde su nacimiento los encierra en una necesidad de consumo que generará una eterna revitalización de la economía. Se les inculca a los hombres una atracción por los bienes materiales y así la oferta forma completamente la demanda y no al contrario.

Huxley también aborda la mundialización, puesto que sitúa la acción en un Estado Mundial cuya sede es Londres. Todas las naciones se han fusionado en una sola. La gran ventaja de este concepto es que es imposible que una patria entre en guerra con cualquier otro país. En contrapartida, el mundo es dirigido por un puñado de hombres omnipotentes y dictatoriales.

PISTAS PARA LA REFLEXIÓN

ALGUNAS PREGUNTAS PARA PROFUNDIZAR EN SU REFLEXIÓN...

- ¿Qué sentimientos y comportamientos normales en nuestro día a día no están admitidos en la sociedad de *Un mundo feliz*? ¿Por qué?
- Imagine cómo podría ser la vida que llevará en Islandia Bernard Marx.
- ¿Cuáles son los puntos comunes que podemos encontrar entre nuestra sociedad y la sociedad descrita en *Un mundo feliz*? Justifique su respuesta.
- Con el progreso de la manipulación genética, ¿la ficción de Huxley podría volverse realidad? Explique su respuesta.
- En otra distopía conocida del siglo XX, *1984*, George Orwell también imagina cómo sería la Inglaterra del futuro. La sociedad totalitaria que describe no es la misma que la de Huxley. ¿En qué se distinguen? Explique su respuesta.

- En *Un mundo feliz* la sociedad se divide en diversas castas a las que les corresponden aptitudes físicas e intelectuales genéticamente determinadas. En un sistema semejante, las castas superiores, las más privilegiadas, no tienen motivos para quejarse. Por el contrario, las castas inferiores tendrían razón para revelarse. ¿Por qué no lo hacen? Explique su respuesta.
- ¿Podríamos encontrar equivalentes del soma en nuestra sociedad actual? ¿Cuáles?

¡Su opinión nos interesa!
¡Deje un comentario en la página web de su librería en línea,
y comparta sus favoritos en las redes sociales!

PARA IR MÁS ALLÁ

EDICIÓN DE REFERENCIA

- Huxley, Aldous. 2007. *Un mundo feliz*. Traducido por Ramón Hernández. Barcelona: Random House Mondadori, colección *Debolsillo*.

ESTUDIOS DE REFERENCIA

- Encyclopédie de L'Agora, "La mondialisation". Consultado el 12 de marzo de 2017. http://agora.qc.ca/Dossiers/Mondialisation
- Lefèvre, Thierry. 1997. *La Connexion eugéniste, petite histoire de la culture de la mort*. Nanterre: TDD.
- Roumégoux, Céline. 2010. "Dissertation rédigée sur *Le Meilleur des mondes* d'Aldous Huxley". *Monplaisir Lettres*. Consultado el 12 de marzo de 2018. http://www.weblettres.net/blogs/article.php?w=MonplaisirLett&e_id=28257
- Songes Littéraires, "Aldous Huxley: faire aimer à la population sa propre servitude". Consultado el 31 de agosto de 2010. http://songes-litteraires.over-blog.com/article-le-meilleur-des-mondes-de-aldous-hux-ley-26499682.html

LECTURAS RECOMENDADAS

- Huxley, Aldous. 2004. "Nueva visita a un mundo feliz". En *Un nuevo mundo feliz; Nueva visita a un mundo feliz.* Barcelona: Edhasa.

www.resumenexpress.com

ISBN ebook: 9782806274625

ISBN papel: 9782806286543

Depósito legal: D/2016/12603/589

Cubierta: © Primento

Libro realizado por Primento*, el socio digital de los editores*